螞蟻路線

蘇善童詩集

自序　放「詩」企圖

大人寫童詩，我怕傻裡傻氣，也怕老氣又土氣，於是，就這麼順著本性，該說便說，想說便說，不過把語調放柔、把視界放遠，把想像放飛。

語調放柔。

視界放遠。

想像放飛。

是了，全放了，放掉大人的設色。

創作童詩之時，時而固守這些隱形卻是核心的內容軟件，在生活中釀造，一首又一首，然後挑選較具故事性的單篇集結而成《童話詩跳格子》（二〇一四年，聯經）；寫著寫著，時而跳躍於形式之上，用行列架構硬體，長篇敘事，編做《貓不捉老鼠：蘇善童話詩》（二〇一六年，秀威少年），因此，以童詩集的結構來看，這部詩集，介於前兩者的單篇與長篇之間，屬於「組詩」，卻又融合兩者，單首讀來是聚焦、細瞧，通篇展卷則要瞭望、達觀。

這部詩集共分三輯，以「螞蟻小詩」與「螞蟻小語」串聯：第一輯〈公園繞一圈〉，於二〇〇八年八月獲得第十六屆南瀛文學獎兒童文學類佳作，共二十首詩，第一至十九首為短詩，第二十首二十行。第二輯〈溪游記〉於二〇〇九年八月獲得第十七屆南瀛文學獎兒童文學類優等，共十首詩，行數十至二十六不等。第三輯〈螞蟻爬來的小事〉共十首詩，其中〈書〉與〈感冒藥〉發表於二〇一五年九月號上海世紀出版之《少年文藝》第一二二頁，行數十八至三十一不等，合計二百三十五行。

寫著、想著，其實有些傻裡傻氣；想著、寫著，不免洩露老氣與土氣，可不？大人創作童詩，企圖可小可大，只好放手一搏；一搏，小己之快意，在書房中拍掌；再一搏，博君之樂，讀者撫卷，點頭又點頭。

蘇善　二〇二〇年初春　定稿

目次

第二輯 溪游記——小鴨大夢

第一輯

公園繞一圈

螞蟻小詩

日子是圓

從夢裡出發
記得回到自己身邊
一天一點點，畫出地圖
以故事連線

1. 追球

風兒
你很壞喔
搶走我的球
害我一路又跑又吼
急得樹上的鳥兒
一起啾啾啾

啾啾啾
為我加油

2. 野餐

躺在山坡上
我變成羊
咀嚼草香

躺在山坡上
我變成草
咀嚼土香

3. 鞦韆

我的心盪來盪去
還要等多久
才輪到我呢

滑梯那邊
應該也很好玩吧

4. 籃球

大哥哥們好高啊
再一跳
就更高了
難怪籃球只跟他們玩
我被丟在一旁

待著
張嘴朝天看

5. 野薑

不在山林
野薑也開花
他們不知道自己已經搬家了嗎
一樣笑嘻嘻的
邀我

在這個新的公園裡
開心的玩

6. 腳踏車

誰都沒有看見
禁止
腳踏車進入的告示牌
不如立一個標誌
警告散步的人

小心
注意前有來車

7. 水池

被颱風攪拌過
水池混混濁濁的
像阿公的田邊那條小河
所以媽媽一看見就捲起褲管說：
「看誰先抓到泥鰍！」

8. 垃圾

因為吃了太多東西
垃圾桶
開始嘔吐
吐吐吐
吐了一地

9. 狗兄弟

野狗最好奇
喜歡去聞
那些被洗得乾乾淨淨的
狗兄弟們
噴了什麼味道的體香劑

10. 下棋

樹蔭下很涼爽
可是棋盤上的兩個人
火氣好大
觀戰的人
雖然不說話

眼珠子卻瞪得比棋子還大
比棋子還大

11. 輪椅

公園裡只有輪椅
不走動
坐在上面的老奶奶
眼睛動也不動

12. 打拳

打拳的人
早也練、晚也練
功夫一定很厲害吧
所以地上的草兒被嚇得
不敢冒出頭來

13.男生和女生

遠遠那邊有人在吵架
然後女生哭了
然後男生跪在地上
說著細細柔柔的
沒人聽見的話

原來公園裡
也會上演舞臺劇啊

14. 小娃兒

不會跑不會跳的
小娃兒在公園裡
能玩些什麼呢

大概只有
故意跌倒的遊戲吧

15. 涼亭

涼亭是風的
休息站
他輕輕哼著催眠曲

繞呀繞著
順手將長椅一鋪

鋪成
小妹妹的床

16. 社交舞

兩個人抱著走路然後轉圈圈
比較不會無聊吧

再來點音樂
就能把大家的清晨鬧成嘉年華

17. 怪叔叔

他一直講話
東張西望
腳步急急忙忙
偶爾還蹲在地上
他是在找什麼東西嗎

還是忘了
怎麼回家

18. 槌球

槌敲球
草上溜
追球的爺爺慢慢走

草上溜
球碰球

輸球的爺爺竟然笑了
不會氣咻咻

19. 鴿子

親愛的鴿子呀
你見到我的外婆了嗎
她託你跟我講什麼話吧
咕咕咕
咕咕咕

咕咕咕

咕

20. 公園繞一圈

東邊的羊蹄甲
初春時，盛開粉紅色的蝴蝶
西陲的木棉
五月時，掉了一地的眼淚
南隅的梔子花
六月時，灑了一個天空的香水

北緣的榕樹
盛夏時，遮住太陽惡毒的臉

公園轉一圈
夜也深了一圈
路走了一圈
我的童年也繞了一圈
公園瞇著暈黃的眼睛跟我說：
「明天見！」

然後
一天又一天
白千層奶奶的臉頰皺了
榕樹爺爺的鬍鬚長了
我的影子拉高了

螞蟻小語

每天散步

城市裡，大自然養在公園。

一棵樹可以看成一座森林，一株桂花可以嗅成一整個秋天。

公園繞一圈，是一天、一個月、一年，是一段日子的總和，如鐘，在時間和空間裡走了無數圈。

而我，是時間和空間的旅人，停停走走，從不疲倦。

這兒瞄一瞄，有貓躲在樹叢後面，那兒瞧一瞧，有狗兒拉人跑著，互相鍛鍊，

誰丟了球不撿？是松鼠還是蝴蝶害得娃娃哭了大半天？

公園繞了白天又繞了黑夜，公園繞出白髮也繞出童顏。
而我，寫詩，一幕一景。
把公園鑲嵌，在童話裡面。

第二輯

溪游記——小鴨大夢

螞蟻小詩

時間比河流還彎一點點

把很久很久以前，光鮮
亮麗的歲月
撫平
摺紙，寄給讀詩的眼

1. 湧泉

水從地底湧出
湧出來，歌唱
低音部唱，咕、咕、咕、咕
中音部唱，嚕、嚕、嚕、嚕
高音部唱，啦、啦、啦、啦

呱呱呱（咦？這是什麼聲音？）
呱呱呱（咦？這是誰的聲音？）
喔，這是小鴨
游夢中的小鴨
被湧泉的大合唱逗得
笑哈哈

2. 漩渦

夢繼續流淌
速度剛好
不快不慢
不會吵醒溪邊的人家
（誰呢？）

石頭上的小青蛙
呼出一串恰好被聽見的微鼾
吁吁的，瞌睡
所以也不會吵醒游夢中的小鴨
水繼續流淌
速度剛好
不疾不徐
不會嚇醒水上的人家
（誰呢？）

水面上的大水黽
畫出一片恰好被看見的寧靜
悠悠的，坐禪
所以也不會吵醒游夢中的小鴨

3. 瀑布

游夢釀得夠久了
味道比水還香
小鴨仍然半睡半醒，旅行
溪裡的石頭突然打亮
警告燈號

閃光一長兩短
（好像在說：注——意！瞧！看！）
閃光一長兩短
（好像在喊：危——險！跳！翻！）

世界猛跌翻轉

不知幾圈

幸好美夢沒有弄丟方向
水霧一邊翻飛一邊抓住陽光

射出
彩虹

4. 黑潭

白水變黑
是不是洗了太多回
溪裡的石頭才會那麼光閃閃的
滑不嘰溜

那清澈溪流

蓄成洗澡水一潭
潭水如墨
是不是養了一隻龍
水裡的窟窿才會那麼黑壓壓的
深藏不露
那清澈溪流
蓄成一則鄉野奇談

無奈小鴨羽毛輕浮
怎麼也鑽不入
黑水中的大洞
不能親耳聽見潛龍打呼

5. 渡口

忽然冒出
超級巨鴨撞開水流
占據整條溪
小鴨閃躲不及
差點兒朝著岸邊石頭撞上去

呱、呱、呱
小鴨氣咻咻
他壓低了嗓音悶聲罵：
「沒禮貌的大傢伙！」

可這傢伙真要得
吃了許多兩腳獸
肚子圓滾滾
靠近岸邊吐出幾隻又吞進幾隻
肚子依舊圓鼓鼓

這傢伙真是要得
沒有羽毛也能浮也能游

呱！呱！呱！

小鴨心惶惶
他拉高了嗓音大聲嚷：
「好恐怖的大傢伙！」

小鴨急忙閃避
他心中百般不願意

讓出整條溪
任憑那超級巨鴨揚長而去

夢游啊
（小鴨想著）
還是一個人比較愜意

6. 橋下

小鴨陪著溪流
安安靜靜穿越橋下
橋東橋西
原來各有稀奇
左岸連山

挨挨擁擁，一條稜線
沒有端點
起起伏伏的蔥綠

右岸接海
擠擠推推，一片波光
沒有焦點
閃閃爍爍的碧玉

小鴨陪著溪流

安安靜靜通過橋下
橋東橋西
果然不同景致

山中有飛鳥走獸
海裡有大魚小蝦
小鴨只想賴在溪裡
小鴨只想隨著流水
做夢，快快樂樂旅行

7. 洗衣場

洗衣洗菜，洗鍋碗瓢盆
洗東洗西
洗汙洗穢，洗破銅爛鐵
洗來洗去

那些攪擾的怪手

把骯髒丟進水裡
管黑管白
管清管濁

小鴨真嘔氣
一條溪流好端端淌在那裡
流貫古今
穿越東西
而且一條溪流也有脾氣
斟酌節氣風候

水色淡妝濃抹
忽黑忽白
時濁時清

小鴨真嘔氣
那些攪擾的怪手
應該把骯髒統統收回去
讓溪流悠哉悠哉的
淌在那裡

8. 河階

半圓形的階梯
等著觀眾入場
等著好戲上場
時間和溪水一起飛流
風經過，雲經過，鳥經過

演員不見半個
小鴨於是跑起龍套
向左繞一圈
向右繞一圈
模仿天鵝的身段

小鴨真是緊張
心裡叨叨唸唸

喔，不要嫌我的頸子太短

喔，不要怪我的翅膀無法飛翔
瞧我，
瞧我慢慢、慢慢划水
姿態一樣輕盈曼妙

9. 溼地

不是牛
也愛爛泥巴
因為溼潤潤裡面留著
春天的氣息
吸一口

就知道雨水透了
什麼都充滿活力
什麼都鑽出來
小鴨想：品嘗嫩草
可真是幸福無比
不是豬
也愛爛泥巴
因為黏答答裡面存著
冬天的堅毅

踩一腳
就知道生命動了
什麼都充滿活力
什麼都跳出來
小鴨想：大吃蟲子
可真是快樂無比

10. 池塘

山峰雖然是假的
石堆排排站
也有頂天立地的英挺

小鴨站在池旁
借問仰首的矮樹

也能丈量天空的高度

流水雖然是假的
魚蝦蹦蹦跳
也有躍動生命的歡喜

小鴨浮在塘上
借問戀水的荷葉
也能預估雲朵的去處

池塘雖然窄小
但是夢想不受侷限
小鴨的世界
在夢裡變大、變高、變寬
而夢裡最適合旅行
小鴨游溪去
發現溪流的生命長長遠遠
看見溪流的樣貌變化多端
溪游的趣味

說也說不完

呱呱呱

呱呱呱

呱呱呱

呱呱呱

（瞧，小鴨真的說個沒完！）

螞蟻小語

一個人的星球

文字是平行宇宙。

我練習爬呀爬，沿著手邊的框框探索。

混沌啊混沌，我什麼目標也沒有，因為，在前一行永遠看不到後一行的盡頭。

爬到一夜溢滿，眼幕落。

忽然，星星哆囉哆嗦，繪成一條河。

夢，果然是源頭，流向哪兒都不怕沒有故事可說。

有時，蓄成一池墨，淡描濃抹，花一枝或者草幾棵。
有時是一池想像，卻幾近乾涸。
那麼，虛擬就對了，黑白混彩色，小鴨不必變成天鵝，照樣
自由。

第三輯

螞蟻爬來的小事

螞蟻小詩

分身據點

東攜南揹
上了螞蟻的車就是北極心幹線
一路只顧著星星
忘記，把風光收在腦袋裡面

1. 祕密

罐子裡
什麼蜜
可不可以
一頭栽進去
浸在想像裡

灌一口
春天
花釀的
香甜小祕密

輕輕的
說陽光傻氣
笑了半天
再也不能
多個一朝半夕

再笑就會岔氣
噴出風言風語
漫天的瘋著
朵朵歡喜

2.
詩

一篇格子
長長短短
有的直
好溼
一定是流過了
滾滾的淚珠

不燙不燙
但是摸著那溫度
心微酸
還有的，彎了又彎
一條思啊
怎麼這麼長
把腦袋纏了又纏
繞出一個小小的東西很模糊
卻說不出什麼樣子
還得

還得多讀幾次
再想想
再想一些日子

3.可可

烏索索
不可、不可經過
森林裡的精靈也在說
碰到了
就會溺著

烏索索

快走、快走

可那優雅的苦味兒

怎麼捨得

得想個法子喝上一口

請誰啊

方糖送個幾顆

放進去攪和、攪和

恰恰好的甜

不會搶過微微的澀
啊，這真是最幸福的事兒
更巧的是剛剛才咬了
檸檬
小小、小小一口
酸溜溜的不說
差點兒就害大牙掉落

4. 米飯

好粗
那些剛剛曬乾的稻穀
只能送給老鼠
捧去簷上
數一數
然後歡呼

等到夜晚
老狗打呼
一隊身手強壯的，攀出梯子
再來偷襲
扛回半袋
足夠窩裡啃上三五日

好吃
得要再等等

等到透明的小珍珠
那是白米在鍋裡燜燜的煮
嗆出香絲
呼嚕嚕

爐火拿捏秒數
不能掀蓋
得讓一粒粒安安靜靜的膨出
盛到碗裡
熱呼呼

放冷了
便有最棒的嚼度

5. 感冒藥

誰那麼好
明明是藥
卻把它變成彩色
變成橘子和草莓的味道
難怪了
那個誰呀

感冒一直沒好
一直嚷著
吃藥吃藥
就說嘛
哪有那麼好
吃了，還是頭暈暈的
世界忽然脹大
像個蛋糕
鑽了進去
到處軟綿綿的

左瞧右瞧
沒有半條通道
只有
洞、洞、洞、洞
就是沒辦法穿出
小路一條

《少年文藝》（上海：上海世紀出版，二〇一五年九月），頁一二二。

6. 棋盤

畫線
在一條路上面
那是叫人
各選各的邊
不能
踩線、越線甚至占線

馬車和牛車一起走在汽車中間
卡車載著機車
也要讓鴨子優先
因為醜小鴨的媽媽跑錯公園
迷路了
也要保持悠閒
再過一條街
就能看見藍天

劃限

其實是考驗
象棋渡河
圍棋步步險
西洋棋的黑格和白格
擺明了互相瞪眼
橫走直走
向左向右就是不能不變
不像行軍的只要循著一條氣味線
打獵集團就能合作無間

日夜移動
把森林啃掉半邊
騰出了
一塊重新想像的空間

7. 旅行

出門就是了
帶著眼睛亮晶晶
用心去看
樣樣新
近一點兒的
細細盯

看見空中的灰塵在吵架
然後輸的贏的
同時掉入
那個不大不小的水窪
浮呀浮
一樣沒影子
再看遠一些
鳥兒的飛翔沒有聲音
沒有撞進白雲

幾棵樹在太陽底下
談談心
說誰的頭髮掉個不停
說誰在夜裡偷偷
啜泣
因為被移走那顆蛋哪
明天就要開口
唧唧啾啾
肯定很動聽

8. 路線

為什麼不是牆角
去問森林
隨便一棵樹都知道
根愛繞
葉子喜歡慢慢掉
枝夠彎，就會有鳥兒築巢

樹幹直直的
向天上瞧
雲呢
看起來就不會遠遠搆不著
所以啊
牆角，也是這麼一回事
誰都知道
不會絆了腳
不能被蟑螂追到
而且那些真正的祕密

都會被堆到牆角
直到忘了
如果沒有被蜘蛛網到
就能扛回去
藏穴或者藏窖
讓時間慢慢去發酵
那滋味啊
絕對美妙

9. 書

書是梯
一本一本的疊
通向哪裡
是否時間大於空間
文字重於記憶

寫真的
宇宙、星球、恐龍和白堊紀
蟑螂和琥珀裡的螞蟻
物種演化
記錄在化石裡
大陸漂移，隨著潮汐
這座山連著那個脈
跨過赤道
幾塊朝北
最遠的大陸便成了南極

寫假的
王子和公主的奇遇
這國和那國，打來打去
不用武器
法師和巫婆鬥法
一個暴風雨
改變結局
喜劇和悲劇一樣有趣
說是演戲

也會惹來一把眼淚一把鼻涕
書呀，難爬的梯
薄的，不一定容易
厚的，非得喘上好幾口氣
最怕白蟻
啃呀啃
竟然抱怨墨水太稀

《少年文藝》（上海：上海世紀出版，二〇一五年九月），頁一一二。

10.怪獸

出沒不久
樣子還沒寫在童話裡
耳目細小
長長的管狀口鼻
伸出像鞭子一樣的舌頭
舔呀舔

恐怖不說
那股力道呵
簡直就是大海的浪頭
被嚇暈的
掛在葉上全身發抖
可憐那些被捲走的
還不知道遇見什麼
怪獸啊怪獸
管你高矮胖瘦
別搗螞蟻窩

咱們的阿兵哥很多很多
該打仗的
絕對不會退縮
至於我
負責找吃的
只管小事
成天顧著卵兒
忙夠了
寫寫小詩
把工時湊一湊

螞蟻小語

沒寫完的一堆點點點

到底螞蟻如何降落桌面？
我明明沒看到降落傘，更別提什麼航空母艦！
除非……
巧克力太香、太甜？
所以……螞蟻一直住在我的抽屜裡面？
想著、想著，滾出情節。於是我拿出字典，翻一翻、查一查，三
隻小豬不想排練，
大野狼也嚷著，抗議被太多筆寫壞了嘴臉。

總之，螞蟻來了，東咬西嚙。

於是，我縮小，混到蟻群裡面。

於是，我跟著螞蟻打游擊，從觀察到想像，從一句到詩篇，行跡

全部洩漏。

洩漏給電腦按鍵。

兒童文學50　PG2387

蝸蟻路線：

蘇善童詩集

作者／蘇善
責任編輯／許乃文
圖文排版／莊皓云
封面設計／劉肇昇
出版策劃／秀威少年
製作發行／秀威資訊科技股份有限公司
114 台北市內湖區瑞光路76巷65號1樓
電話：+886-2-2796-3638
傳真：+886-2-2796-1377
服務信箱：service@showwe.com.tw
http://www.showwe.com.tw

郵政劃撥／19563868
戶名：秀威資訊科技股份有限公司
展售門市／國家書店【松江門市】
104 台北市中山區松江路209號1樓
電話：+886-2-2518-0207
傳真：+886-2-2518-0778

網路訂購／秀威網路書店：https://store.showwe.tw
國家網路書店：https://www.govbooks.com.tw
法律顧問／毛國樑　律師

總經銷／聯寶國際文化事業有限公司
221新北市汐止區康寧街169巷27號8樓
電話：+886-2-2695-4083
傳真：+886-2-2695-4087

出版日期／2020年4月　BOD一版　**定價**／200元
ISBN／978-986-98148-2-9

秀威少年
SHOWWE YOUNG

國家圖書館出版品預行編目

蝺蟻路線 : 蘇善童詩集 / 蘇善著. -- 一版. --
臺北市 : 秀威少年, 2020.04
面；　公分. -- (兒童文學 ; 50)
BOD版
ISBN 978-986-98148-2-9(平裝)

863.59　　109002851

讀者回函卡

感謝您購買本書，為提升服務品質，請填妥以下資料，將讀者回函卡直接寄回或傳真本公司，收到您的寶貴意見後，我們會收藏記錄及檢討，謝謝！

如您需要了解本公司最新出版書目、購書優惠或企劃活動，歡迎您上網查詢或下載相關資料：http:// www.showwe.com.tw

您購買的書名：______________________________

出生日期：________年________月________日

學歷：□高中（含）以下　□大專　□研究所（含）以上

職業：□製造業　□金融業　□資訊業　□軍警　□傳播業　□自由業

□服務業　□公務員　□教職　□學生　□家管　□其它_____

購書地點：□網路書店　□實體書店　□書展　□郵購　□贈閱　□其他

您從何得知本書的消息？

□網路書店　□實體書店　□網路搜尋　□電子報　□書訊　□雜誌

□傳播媒體　□親友推薦　□網站推薦　□部落格　□其他__________

您對本書的評價：（請填代號　1.非常滿意　2.滿意　3.尚可　4.再改進）

封面設計____　版面編排____　內容____　文／譯筆____　價格____

讀完書後您覺得：

□很有收穫　□有收穫　□收穫不多　□沒收穫

對我們的建議：______________________________

____

____

____

請貼
郵票

11466
台北市內湖區瑞光路 76 巷 65 號 1 樓
秀威資訊科技股份有限公司 收
BOD 數位出版事業部

（請沿線對折寄回，謝謝！）

姓　名：________________　年齡：________　性別：□女　□男

郵遞區號：□□□□□

地　址：____

聯絡電話：(日) ________________ (夜) ________________

E-mail：____